À pas de loup

Papa est un

Texte et illustrations:
Bruno St-Aubin

Dominique et compagnie

Mon frère et moi, nous sommes
les terreurs du voisinage !

Mais nous ne sommes pas les seules.

Heureusement que papa est là ! Il fait peur
aux chiens juste à les regarder…

Notre chat Lupin, lui, jubile.

Nos voisins disent que nous sommes
des petits monstres.

Et c'est vrai ! Nous sommes même les plus monstrueux ! RROOUUAH !

Les autres parents n'osent rien dire… Papa nous
protège! C'est normal. Nous sommes ses trésors.

Malheureusement, plus personne
ne veut jouer avec nous.

Pour nous divertir, papa nous emmène
en promenade.

D'en haut, la vue est magnifique.

On décide d'aller visiter les cousins.

Mais il n'y a personne à la maison.

Sur le chemin du retour,
papa fait du rase-mottes.

On en profite pour cueillir
quelques fraises au passage.

Aussitôt rentré, papa prend une
douche bien chaude.

Si chaude que les voisins
n'y voient plus rien.

Mais les voisins sont beaucoup trop polis
pour se plaindre.

18

Ils préfèrent aller faire un tour.

Papa aperçoit des cambrioleurs qui essaient
d'entrer chez nos voisins pendant leur absence.

Il les chasse à sa manière.

Les policiers apprécient son formidable
coup de feu.

Ils décident même de l'embaucher.

Les voisins, eux, ne savent pas s'ils doivent
le remercier d'avoir chassé les voleurs.

Pour se faire pardonner, papa les invite
à un barbecue.

Comme toujours, ses hot-dogs sont trop cuits.

Malgré tout, nos voisins deviennent nos amis.

Ils se sentent en sécurité grâce
au nouveau boulot de papa.

En plus, depuis que papa est policier, les pompiers s'invitent toujours à nos fêtes.

Et ça, c'est vraiment chouette…

As-tu lu bien attentivement ?

C'est ce qu'on va voir…

Essaie de répondre aux questions suivantes.

1. Comment s'appelle le chat de la famille ?
a) Lupin.
b) Lapin.
c) Gustave.

2. Où les enfants cueillent-ils des fraises ?
a) À l'épicerie.
b) Sur une table de pique-nique.
c) Dans un champ.

3. Comment fait le papa pour chasser les cambrioleurs ?
a) Il crache du feu sur eux.
b) Il appelle la police.
c) Il les arrose avec un tuyau d'arrosage.

4. Quel est le nouveau boulot du papa ?
a) Électricien.
b) Pompier.
c) Policier.

Tu peux vérifier tes réponses en consultant le site Internet des éditions Dominique et compagnie, à : www.dominiqueetcompagnie.com/apasdeloup.

À cette adresse, tu trouveras aussi des informations sur les autres titres de la série, des renseignements sur l'auteur-illustrateur et plein d'autres choses intéressantes !

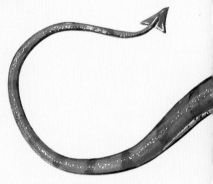

Tu as aimé cette histoire?
Tu as envie de connaître toutes les facettes de papa?

Voici les autres titres de cette série.